Color By Number for Kids: Unicorn Coloring Activity Book for Kids

Hi everyone,

Thank you so much for purchasing this coloring book. I hope you enjoy it!

I have a special surprise for you…

Claim your gift here: https://bit.ly/2K58AtH

Thanks so much and happy coloring!

Color Test Page

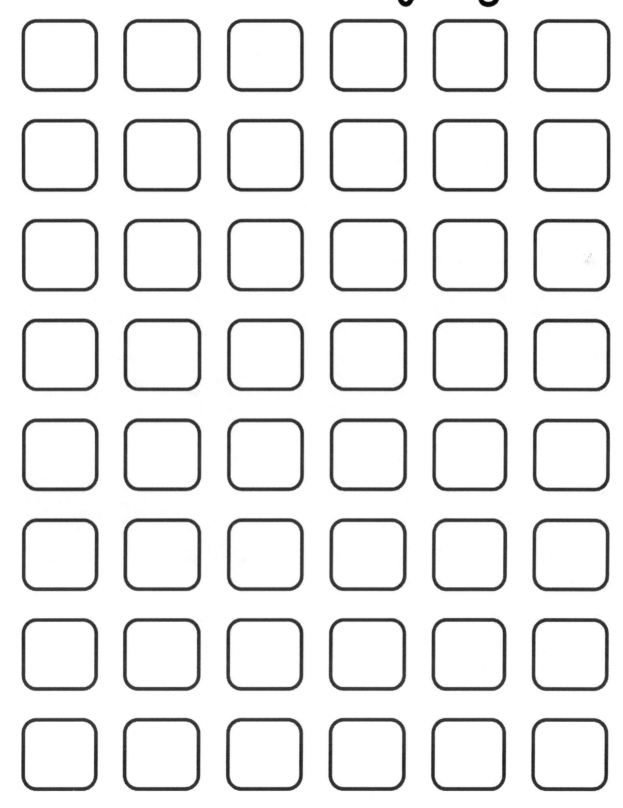

Color Test Page

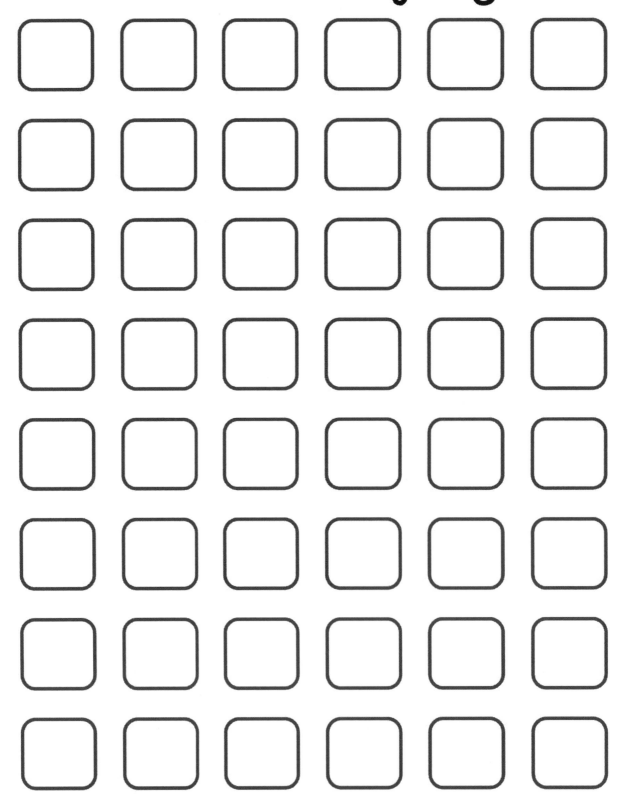

1 Baby Pink 2 Yellow 3 Purple 4 Yellow Orange
5 Amber 6 Baby Blue

1 Dark Brown 2 Red 3 White 4 Cream 5 Silver

1 Yellow Green 2 Gold 3 Red 4 White 5 Green

1 Turqoise 2 Blue Green 3 White 4 Teal 5 Aquamarine

1 Dark Brown 2 Gold 3 Black 4 Yellow

1 Baby Pink 2 Yellow 3 Purple 4 Yellow Orange
5 Amber 6 Baby Blue

1 Cream 2 Yellow Orange 3 Red 4 Yellow 5 Green
6 Blue 7 Orange

1 Silver 2 Teal 3 Sky Blue 4 Gold

1 Silver 2 Teal 3 Sky Blue 4 Gold 5 White 6 Yellow

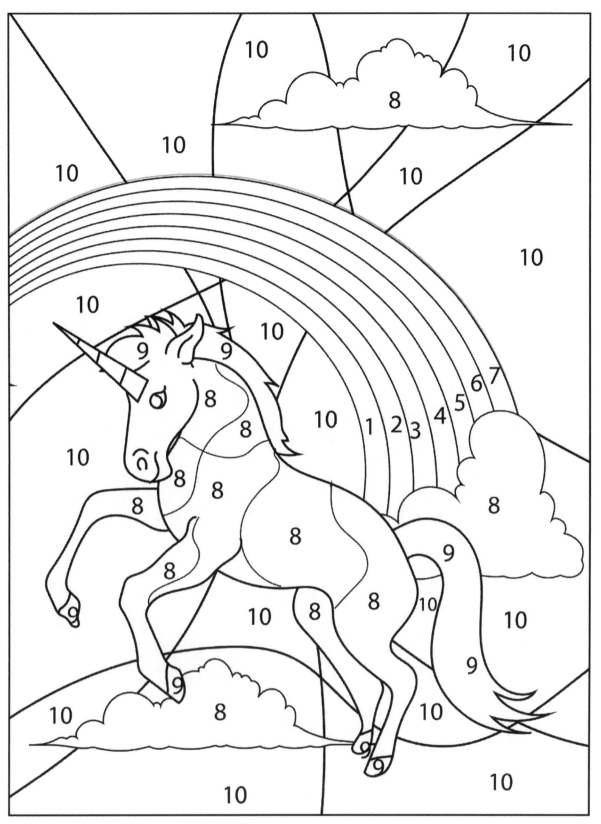

1Red 2 Yellow 3 Orange 4 Green 5 Blue 6 Violet
7 Indigo 8 White 9 Pink 10 Sky Blue

1 Dark Brown 2 Red 3 White 4 Cream 5 Silver
6 Grey 7 Black 8 Yellow

1 Cream 2 Yellow Orange 3 Red 4 Yellow 5 Yellow Green
6 Blue 7 Orange 8 Pink 9 Purple 10 Brown

1Red 2 Yellow 3 Orange 4 Green 5 Blue 6 Violet
7 Indigo 8 White 9 Yellow Green10 Sky Blue 11 Gold

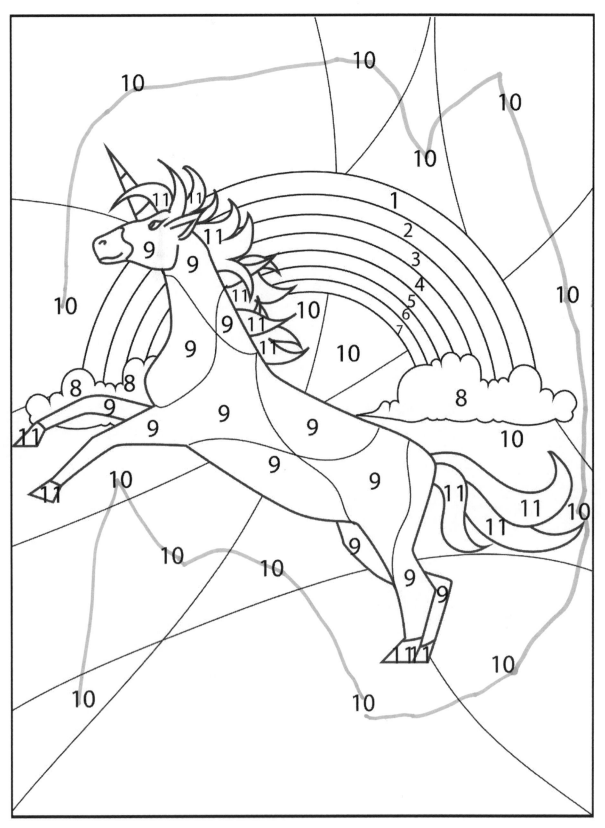

1Red 2 Yellow 3 Orange 4 Green 5 Blue 6 Violet
7 Indigo 8 White 9 Cerulean 10 Sky Blue 11 Red

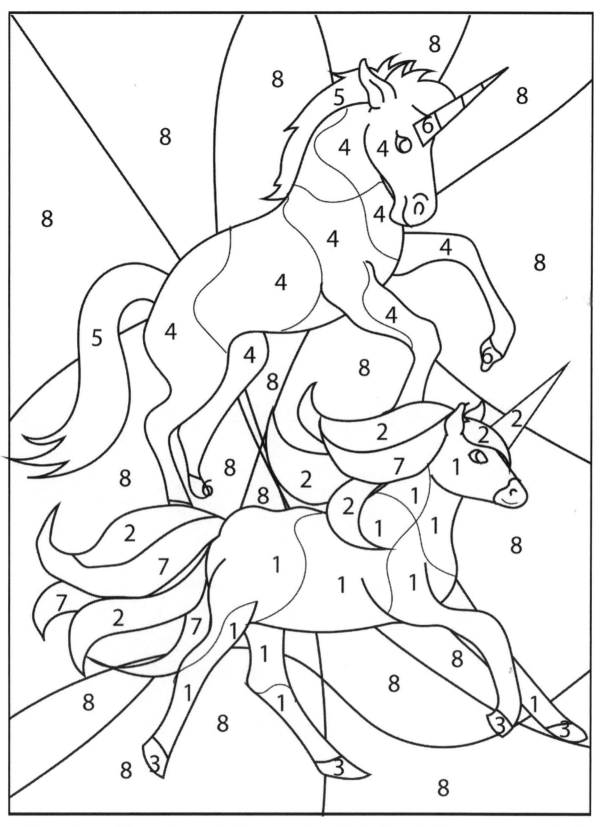

1Peach 2 Chestnut 3 Tan 4 Red Violet 5 Carnation Pink
6 Blue Green 7 Mahogany 8 Green Yellow

1 Magenta 2 Green Yellow 3 Olive Green 4 Lime
5 White 6 Blue Violet 7 Scarlet 8 Cerulean

1 Violet 2 Yellow 3 White 4 Scarlet 5 Yellow Orange
6 Red Orange

1 Dark Blue 2 White 3 Silver 4 Gold 5 Red 6 Black
7 Yellow

1 Red Violet 2 Yellow Green 3 Violet 4 Blue Green
5 Chestnut 6 Peach

1 Yellow 2 Red 3 White 4 Gold 5 Black 6 Silver

1 Magenta 2 Green Yellow 3 Olive Green 4 Lime
5 White 6 Blue Violet 7 Scarlet 8 Cerulean

1 Violet 2 Yellow 3 White 4 Scarlet 5 Yellow Orange
6 Red Orange

1 Dark Blue 2 White 3 Silver 4 Gold 5 Red 6 Black
7 Yellow

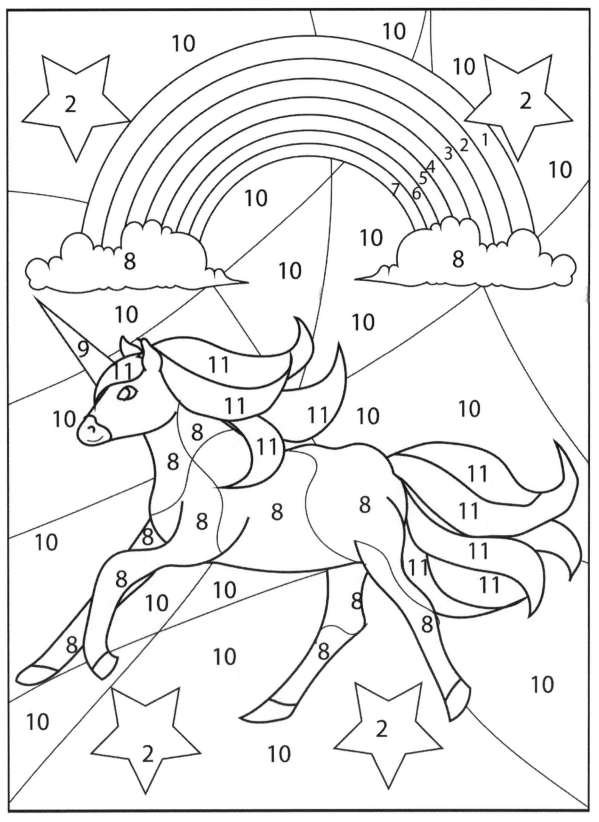

1 Red 2 Yellow 3 Orange 4 Green 5 Blue 6 Violet
7 Indigo 8 White 9 Gold 10 Dark Blue 11 Red Orange

1Red 2 Yellow 3 Orange 4 Green 5 Blue 6 Violet
7 Indigo 8 White 9 Pink 10 Sky Blue 11 Cream

43254795R00031

Made in the USA
Middletown, DE
21 April 2019